JN164288

ランドセル俳人からの「卒業」

小林凜　俳句・エッセイ集

さすらいの守宮（やもり）野原ですれ違う

蛍舞う人生スポットライトかな

扉

　僕は、いくつもの扉の前に立っていた。扉にはそれぞれ「小学一年」「小学二年」「最初の中学校」「二校目の中学校」などと、各学年の札が貼ってあった。「小学一年」の扉を開けて覗（のぞ）くと、そこには、同級生の男女からサンドバッグにされている、あざだらけの僕がいた。先生は見て見ぬ振りをしている。僕は、何も言わずにその扉を閉じた。

　次に「小学二年」の扉を開けた。そこでは、友だちからもらったオタマジャクシを同級生に引ったくられ、何人もの手にそのまま押さえ込まれて叫んでいる僕がいた。さらに、オタマジャクシは担任の先生に取り上げられ、二度と戻ってこなかった。だんだん腹立たしくなってきた僕は、叩きつけるようにして扉を閉めた。

　自分を苦しめ、痛めつける輩にも腹が立ったが、何より、全く抵抗できずにいる過去の自分の現実に苛立ったのだ。

もうあまり期待はせず、「小学三年」の扉を開けた。そこでは、命に関わるような暴力を受けていた。僕は上級生に腹部に跳び蹴りをされて倒れ込んでいた。あまりの苦しさに友だちの呼びかけにも答えられなかった。授業が始まり、その友だちも自分の教室に帰ってしまった。苦しみは続き、通りすがりの先生に助け起こされるまで倒れていた。僕は見ていられなくなり、扉を閉めた。

まだ過去の扉はあるが、これ以上見ると溢れかえりそうな悔しさと怒り、憎しみ、悲しみで今の自分がどうかしてしまいそうだ。

「小学四年」、「小学五年」の扉は飛ばし、「小学六年」の扉を開けた。そこでも悲惨な過去が思い出されることを覚悟したが、そうはならなかった。悲鳴も罵声も、精神を逆撫でするような下品な高笑いも聞こえてこない。その代わりに見えたのは、新しく赴任してきた若い先生と僕が、マンガを描いている情景だった。先生は絵が得意で、個性的なキャラクターを描いては僕を笑わせた。そばでは、A先生がペンを持っている姿があった。

しばらくすると、蟬の鳴き声が聞こえてきた。そこには、最初で最後に遊んだ友だちと虫取り網片手に雑木林を駆け回る、笑顔の僕がいた。小学校の最後は笑顔で終われたのだ。


そして「最初の中学校」という新しい扉を開けたが、そこには再び絶望が待っていた。

僕の眼球めがけて伸ばしたシャーペンを振り下ろす同級生、小柄な生徒を窓から突き落とそうとする同級生。今まではレベルの違ういじめを先生に訴えても「対処します」としか言わず、逆に僕の身体的弱点を言う先生。そんな脅威に怯え、ちぢこまりながら最初の中学校で過ごした。そしてわずか三週間で転校を余儀なくされた。

「二校目の中学校」では、あらぬ罪を着せられ、四人の先生に「指導」

という名の裁きを受け、夜遅くまで残されている自分がいた。僕は即座にその扉を閉じた。

「中学二年」の扉では、別室登校をする自分がいた。「いじめられている」との僕の訴えを否定する先生。拷問じみた問いかけをする先生。

それ以上見ずに扉を閉じた。

最後に「中学三年」の扉を開けた。そこでは涙をのみ、耐える自分の姿はなかった。信頼できる心ある先生と再会し、今までの忌まわしい記憶を捨て去った僕がいた。

いつまでもその笑い声の溢れる扉を覗いていたかったが、何かの気配を感じて扉を閉じ、辺りを見渡した。そこには、さっきまではなかった「高校一年」という扉があった。

開いてみたが、そこに風景は無く、壁があった。そっと壁に耳を当ててみると、向こうからとても温かく幸せな声が聞こえてきた。耳を離すと、壁には、この学校の先生が書いたらしい言葉が書かれていた。

「絶望のど真んなかで希望は生まれる」

「諦めなければ敗北はない」


僕は気づいた。この壁を乗り越えるのは過去の誰でもない、今ここにいる自分だと。この壁の向こうには、もう自分を苦しめるものたちは存在しないだろう。あるのは自分が諦めずに切り拓いた喜び。そして、人の心を持った理解ある先生たちがいる。これから先、いつか再び苦難にぶつかるときがあるかもしれない。だが、恐れない。

僕は、もう扉から覗くだけではなかった。そのなかへと一歩踏み出し、後ろ手で扉を閉めた。

不屈とは起きあがりこぼし桜咲く

春日浴び良きこと待ちてただ浴びる

冬銀河希望すること忘れざる

凍て蝶のふるれば崩れゆく命

冬の蜘蛛助けていつか銀の糸

淡雪や消える定めと知りながら
冬晴れを吸わんばかりに深呼吸
朽ちてゆく間際に光る冬すすき

柊(ひいらぎ)に刺した鰯が吾を見つめ

地獄の日々

小学校に通っていた頃は、今思えば中学校よりましだったが、ましになったのは六年生に入ってからのことで、低学年は地獄のような日常だった。入学したてのとき、僕はクラスで人一倍体が小さく弱かったため、おとなしい同級生からも標的にされた。相手が指で拳銃の形を作り、カンチョー（指を相手の尻に突っ込むことを指す）をしに僕を追いかけ、それから逃げるため、学校中を走り回った。

ある日、僕の親の前でそれが起こった。いじめについて何を訴えても「してない、してない」の一点張りの担任の先生と話をするため、母と祖母が学校に到着したときのことだ。カンチョー同級生に追いかけ回されていた僕は職員室に飛び込み、倒れ込んだ。それを目撃した母と祖母が駆け寄ってきた。カンチョー同級生も後を追ってきて、職員室前をうろうろしていたが、駆けつけてきた母と祖母を目にして、広い運動場へと逃亡を図った。職員室にいた担任の先生が近寄ってきた。

「〇〇がカンチョーをしに追いかけてくるんです」と訴えると、先生は、倒れ込んでいる僕を引き起こし（引きずり起こすと言った方が正しいか）、「してない、してない」と、呪文のように言っていた。母と祖母は初めて担任の言動を目撃したのだ。その後の話し合いで担任と教頭は「見てないのにしてないといいました。すみません」と謝罪した。

一年生のときの悲劇はこれだけではない。

あるとき、休み時間に教室内を歩いていると、背中に強い衝撃を感じ、僕はうつぶせに倒れ込んだ。左の顔面を強く床に打ちつけた。激しく痛んだ。薄目を開けると、逃げていく後ろ姿が見えた。彼は、クラス一の悪ガキ大将で、頻繁に僕を痛めつけていた。保健室で手当てを受けたが、顔面の左側は湿布で覆い尽くされ、左目は腫れ上がっていた。迎えにきた祖母は、そのとき初めて僕の怪我を知り、驚いた。

突き飛ばした犯人の名を担任に伝えると、先生は、「本人は否定しています」とだけ家族に言った。結局、そのときは「僕が勝手にこけた」という判決になった。

さらに、こんなこともあった。夜、風呂に入ったとき、母が悲鳴を上げた。僕の腰から尻にかけて、広範囲に青あざができていたのだ。もう少し上なら腎臓破裂が起こっていたかもしれない、と家族は心配した。それもあの悪ガキ大将の仕業だった。突き飛ばされた僕は、イスの背もたれに横腹を強くぶつけたのだった。

翌日、彼の名前を出して訴えても、先生は全く認めようとせず、僕のズボンをめくってガキ大将に見せただけだった。その後、家族が青あざの写真を見せると、ようやく先生が「この子がやった」と連れてきたのは、なんと、事件とは何の関わりもないおとなしい同級生だった。先生は、犯人をでっち上げたうえに、彼に謝れと言ったが、僕は「彼は関係ない。だから無実の人の謝罪は聞かない」と、その場を立ち去ろうとした。しかし、先生は立ち去ろうとする僕の首根っこをつかみ、彼の謝罪を聞かせた。あのとき、無理やり謝罪を聞かせた先生の意図は何だったのだろう。当時の僕にとって、「教師」という人間も、「学校」という組織も理解できなかった。

ぬかるみに車輪とられて春半分

吾も犬も吐く息白し散歩道

カーソルの点滅さみし雪積もる

冬景色ついつぶやいた声も白

半月や静かな海はどこにある

啓蟄（けいちつ）や小虫のあくび一斉に

あるじ居ぬ蜘蛛の巣春を迎えけり

薔薇の先生

これも一年生の頃のことだ。

教室で本を読んでいると、ある女子生徒が、いきなり僕から本を奪い取った。「返して！」と叫び、相手を捕まえようとしたが、その女子は「パス！」と言ってそばで構えていた仲間に僕の本を投げた。今度はその仲間を捕まえようとしたが、彼はまた別の仲間にパスした。

大事な本が、まるでボロ雑巾のように宙を飛び交う。

そのとき、扉が開いて誰かが入ってきた。と同時に、本は宙を飛ぶのをやめた。入ってきたのは祖母だった。家で昼食を食べていた祖母は、何か胸騒ぎを感じて駆けつけたのだという。祖母の背後に大人が二人きた。一人は担任の先生だ。

もう一人は、そのときはまだあまり知らなかったが、後に僕の運命を大きく変える存在となった女の先生だ。

本を投げ合って逃げる子たちの間を「返して！」と叫びながら追いか

ける僕の姿を見た祖母は、「こんな所にいなくてもいい、もう帰ろう」と僕の手を引いた。すると現場を見てもいなかった先生は、「みんなは凜太郎さんに本を渡そうとしただけです」と言った。祖母と僕を引き留めようともせずに。

そのとき、聞きなれない声がした。

「私が凜ちゃんを引き取ります！」

教室は静かになった。振り返ると、担任と一緒にいたその先生だった。僕の右手は祖母からその先生に引き継がれ、二人で廊下を歩いた。担任の手よりずっと温かかった。

僕たちは「通級指導教室」（週に1、2度、学習などの個別指導を受ける教室）と書かれた教室の前にきた。先生はそこの担任だった。

翌日から、僕の「道」はいろんな意味で変わることになる。

フェンスをくぐって登校すると、いつもなら渡り廊下を渡り、おそるおそる教室へ向かっていたが、この日からは、別の棟のドアをくぐって、

「通級指導教室」と書かれたドアを開けた。

もう、昨日までの僕ではない。優しい先生とともに歩む新しい学校生活が幕を開けた。

ここで一年生が終わるまで過ごした。その後、この先生には小学校を卒業するまで助けてもらうことになる。

ある日のこと。祖母は、祖父が庭で咲かせた薔薇の花を先生に届けた。先生はとても喜んでくれ、通級指導教室に飾った。

祖母はこの日以来、庭に薔薇が咲くと先生に届けるようになった。

そのたびに先生はその薔薇に負けない美しい笑顔で笑った。

そしていつの間にか、我が家ではその先生のことを「薔薇の先生」と呼ぶようになった。

薔薇咲いて恩師の笑顔思い出す

てんとうむし

我が家の冷蔵庫の扉には、てんとう虫がいる。

それは、小学二年生の頃のことだ。

教室から外に出ようとすると、誰かに足首を捕まれ、そのまま転倒した。倒れる寸前、自分の足首が見えた。足首にはある男子がしがみついており、憎たらしい目つきで見上げていた。その直後、僕の顔面は床に叩きつけられた。

母は担任の先生に、「小さく生まれたので、頭部を打撲すると命にかかわる危険が伴う。極力注意をして生活するように医師から言われている」と説明した。だが、担任は母にこう返したという。

「そんなに頭が心配ならヘルメットでも被ればどうですか?」

家族は失望した。もちろん、僕もだ。

その頃、祖母は薔薇の先生と会うと、長々と愚痴を聞いてもらっていた。僕はその間、人影まばらになった校庭の朝礼台に寝転んで、ひなたぼっこをしながら祖母を待った。それは束の間の至福の時間だった。

その後、僕に一通の手紙が届いた。薔薇の先生からだった。封筒を持ってみると、手紙のほかにも何か入っている。開けると、てんとう虫のマグネットが転がり出てきた。

手紙には、それとそっくりのてんとう虫の絵が描かれていた。その日から、我が家の冷蔵庫にはてんとう虫が留まっている。これからもずっと、冷蔵庫から僕を見守り続けているだろう。

日向ぼこ時を忘れて話しけり

立春や祖母の待ち受け桃色に
豆ごはん昔話をききながら
髪染めてどこか悲しげ祖母の春

春の陽の我が生き様を照らしけり

オタマジャクシ

小学二年生になると、状況はもっと屈辱的になった。

ある日、オタマジャクシをたくさん飼っている隣のクラスの女の子から、一匹貰うことになった。僕は生き物が大好きなのだ。貰えるとわかったとき、絶対に僕の手でカエルにしてみせると喜び勇んだ。母と水槽を洗ったり、必要な道具を買いそろえたりして準備した。

当日、僕はその女の子のクラスに行って、オタマジャクシ一匹を水と一緒にビニール袋に入れてもらった。

すると、それをどこから見ていたのか、同級生の男子三、四人が「よこせ」と追いかけてきた。逃げまどい、トイレのなかに逃げ込んだが、最後は追いつかれ、力の強い男子に押さえ込まれて、空手を習っている女子にオタマジャクシの袋をもぎ取られた。その女子は教室に戻ると、勝ち誇ったようにオタマジャクシを掲げた。群衆から歓声が上がった。

そこへ、一年生のときに僕を酷い目に遭わせたあのガキ大将がきた。

その女子は、オタマジャクシをガキ大将に渡した。すると彼は、全員の前でオタマジャクシの袋にハサミで穴を開けようとした。そこへ担任の先生がきて、何をしているのかと聞いた。彼らは、「凜太郎からオタマジャクシを奪い返した」と言った。僕は断固、友だちから貰ったものだと主張した。奴らは「凜太郎に渡したら勉強せえへんで」と言い出した。すると先生は、「授業が終わるまで私が預かる」と言って、オタマジャクシを持って行ってしまった。授業が終わり、僕は先生に、「オタマジャクシ返してください」と言った。すると先生は、紙の束の間や本棚などを軽く探すふりをして、「ない。どっかいった」とまるで消しゴムかプリントをなくしてしまったかのような口調で言ったのだ。

とうとう、卒業するまで、「オタマジャクシの煮干しが見つかる！」というニュースを聞くことはなかった。

先生、あの子をちゃんとカエルにしてくれましたか。それともあの子を殺したのですか。

春の虫踏むなせっかく生きてきた

虫捕れば手の甲春が叩きけり

休日や犬の肉球あたたかき

紅雨とは焼かれし虫の涙とも

吾が嗅げば犬も嗅ぎくる若葉かな

春点前のの字を描くうすみどり

一角のごとく筍地を突きて
アメンボの足踏ん張って泥の池
菜の花の黄色のきは希望のき

受難は続く

こんなこともあった。

七夕飾りを作るとき、担任の先生はみんなに短冊に願いごとを書くよう言った。幼稚園の頃から僕に親切で優しかった女子がいて、僕は、短冊に彼女の名前と「彼女が好きだ」ということを素直に書いた。八歳だったゆえ、未熟だった。それを先生は、廊下に飾った笹竹のてっぺんに吊るしたのだ。僕はそれを知らなかった。迎えにきた祖母が、名前を書かれた子に「おばあちゃん、私、あれ、嫌やねん」と言われて気づいた。

帰宅後、祖母からそのことを聞いた僕は、いても立ってもいられなくなった。職員室に電話をかけ、担任の先生に「短冊外してください」とお願いした。電話を祖母に代わると、先生はしどろもどろに「どうかなと思ったんですけど飾りました」と言った。

その夜、仕事から帰宅した母にことの顚末を話すと、「そういうお願いは自分の心のなかでするんだよ」と教えられた。「私が担任の教師だったら『この短冊は大切に自分の家で笹に飾ろうね』と言うわ」とも話していた。

翌朝、短冊は取り外されていたが、それ以来、その女子は僕に話しかけてこなくなった。

それからというもの、七夕は我が家にとってどうでもいい行事になってしまった。


時は流れて五年生の頃、食べ終わった給食のお膳を運んで階段を降りていたとき、六年生に後ろから突き飛ばされ、皿や牛乳瓶などをすべて落としてひっくり返してしまった。そばにいた先生がその六年生を呼び止めたが、彼はスピードを速め、消えていった。

僕は六年生の教室に行き、担任の先生に彼を呼び出すように頼んだが、その先生は、僕を二年生のときに苦しめた先生だったのだ。決して信用してはいけない。先生はとりあえず彼を連れてきた。ところが、彼は突き飛ばしたことを断固否定した。僕が「嘘つけ！」と詰め寄ると、彼は不意に思い切り頭を振って、わざと頭突きをしてきた。あまりの衝撃に悲鳴を上げて頭を押さえていると、後ろについてきてくれた若い先生が二人、「大丈夫か」と僕に声をかけた。

だがその担任の先生は、僕に向かって「頭突きしたあんたが悪い。この子が突き飛ばした証拠を持ってこい」と言ったのだ。絶対に今の頭突きを見ていたはずなのに。なぜこんなに堂々と嘘がつけるのか。いじめに証拠がいるのだろうか。見たはずのものを、見ていないふりができるのか。

僕はやりきれなくなって、一度教室に戻ることにした。せめてもの抵抗として、「またくるからな！」と言ったが、その担任は六年生と並んで、「はいどうぞ」と言っただけだった。その日の夕方、突き飛ばされたときに一緒にいた先生が家にきて、「私が証言します。彼は凜太郎君を突き飛ばしました」と言ってくれた。

それが何よりの救いだった。

二年生のときの担任の先生にされたことはほかにもあるが、そのすべてをここに挙げていると、きりがないので省くとする。もう僕は二度とあの先生に会うことはないだろうが、今もときどき、心のなかで先生に問いかける。

「なぜあなたは教師になろうと思ったのですか」

冬蜘蛛が糸に絡まる受難かな

この俳句は、僕が小学二年生のときに散歩中、蜘蛛が糸に絡まって動けなくなっていたのを助けたときに詠んだ句だ。

しかし、僕の受難はそれからずっと続いた。

いじめ受け土手の蒲公英(たんぽぽ)一人つむ

蟻の道シルクロードのごとつづく

おお蟻よお前らの国いじめなし

雪柳祖母の胸にも散りにけり

僕は何度でも立ち上がる

小学三年生の春のこと。S先生と畑でバッタを捕まえていたときのことだ。目の前に、一匹の紋白蝶(もんしろちょう)が飛んできた。僕は追いかけたが、蝶は校舎の影に入ってしまった。後を追うと、そこに紋白蝶の姿はなく、あるのは一面に咲き乱れる白いえんどう豆の花だった。気のせいか、そのうち二枚の花びらが蝶の羽のように揺れていた。

ゆっくりと花びらになる蝶々かな

その光景を見て、S先生の前でこの俳句を詠んだ。

それをS先生が連絡帳に書いて家族に知らせてくださった。この俳句を見た祖母は「へえー」と言っただけだったが、母はたいそう気に入って、秀作だと言ってくれた。

数年後、僕の一冊目の本『ランドセル俳人の五・七・五』（2013年）が出版されたとき、長谷川櫂先生が、読売新聞の「四季」という詩歌コラムの連載にこの俳句を載せてくださった。これも、畑で蝶に会い、とっさに僕の口から出た俳句を、連絡帳に書いてくださったS先生のお陰だ。

五年生のときに赴任してこられた教頭先生は女の先生で、おおらかでユーモアたっぷりの先生だった。その先生との会話が楽しかった。

その頃、僕は不登校だったが、ある日、家にこられた教頭先生と祖母が、ある新聞記事の話をしていた。八歳の女の子が難しい言葉を使って、原爆のことを俳句に詠んだという記事だった。僕は横でプラモデルを作りながら、すごいなあと思いつつ、元来の負けず嫌いが顔を出したのか、それとも、自分も原爆やヒロシマを俳句に詠みたいというひらめきだったのか、気づけば二人の前で「一句できた！」と叫んでいた。

形無し音無しけれど原爆忌

教頭先生は目を見開いて「その句、今作ったの?」と驚きの表情をされた。この句は後に、長谷川櫂先生が監修された『大人も読みたいこども歳時記』(小学館/2014年)に載せてくださった。

しかし、認めてくれる人ばかりではない。三年生の頃のことだ。祖母が当時の校長先生に僕の俳句を見せると、校長先生の口からは思いがけない言葉が返ってきた。「俳句だけじゃぁ食べていけませんで」

そう言って、笑ったという。

祖母は田んぼ道を泣きながら歩いて帰ってきて、「八歳や九歳で将来の仕事が決められますか」と母に怒りをぶつけた。当時の僕には将来「俳人」になろうなんていう発想はなかった。機械いじりが好きで、将来はロボット学者になりたいと思っていたのだ。俳句は将来のことを考えて始めたわけでもない。

つらいとき、孤独なときに僕の心が自然に、五・七・五という十七文字に表れた、というのが本当のところだ。僕にとっての『アンネの日記』のようなものだった。祖母は、不登校になった僕の様子を先生に伝えたくて、俳句を見せただけだった。

「俳句は、おばあちゃんが半分作っていたのかと思っていました」

祖母にそう言ったのは二年生の担任の先生だった。僕の目の前で言われ、その先生に対し積もっていた憎しみと屈辱感で爆発しそうだった。

だが、こうして今振り返ると、薔薇の先生をはじめ、温かい先生方に出会ってきたことに気づき、小学校時代を懐かしむ思いになった。

今は、俳句を通して、かつての僕と同じように学校に居場所がなく、家庭学習をする境遇の人たちが、僕の思いに共感してくれる。

たとえあのときの校長に笑われようが、あの担任に馬鹿にされようが、五・七・五という表現方法があり、キーボードという表現手段がある限り、僕は何度でも立ち上がる。

ブーメラン返らず蝶となりにけり

万華鏡小部屋に上がる花火かな

夏の月疲れし母を出迎えて

夏空を分かつモーゼの飛行機雲

観音様の手

四年生のある日のこと。音楽の授業で、音楽会に使う楽器の担当を決めることになった。僕は鉄琴を希望したが、ほかにも希望者がいたことにより、特別ルールで決めることになった。しかし、その特別ルールは、僕に言わせれば非道なものだった。候補者二人を教室の前に立たせ、ほかの生徒には全員後ろを向かせて、候補者がそれぞれ演奏し、上手だったと思う方に手を挙げさせる。

相手の演奏が終わり、僕の番がきた。演奏を終え、おそるおそる見ていると、僕に手を挙げている者は一人もいなかった。全身から血の気が引いていくと同時に、現実を思い知らされた悲しみと、全員に馬鹿にされたような悔しさを覚えた。もし、僕の演奏が下手なだけであったら、友だちや優しい生徒が「お慈悲（じひ）」で一人や二人手を挙げてくれていたはずだと思う。

そんななか、ふと教室の隅を見ると、一本の手が僕の方へ挙がっていた。それは、この授業を見にきていた薔薇の先生の手だったのだ。

その手に、僕は救われた気がした。

その話を家に帰って祖母にすると、祖母は「それはきっと観音様の手だよ」と言った。

また母は、「もし私だったら、候補者を二人ともクラスの外に出して二人と教師で話し合いをし、それでも決まらなければじゃんけんで決める。ほかの生徒は一切介入させない。誰かが傷つく方法は採らないわ」とも言った。

それ以来、僕は仏像を見る度に、あの日の薔薇の先生の手を思い出す。

阿修羅像粘土で作る冬ごもり

叱られて一人のときも吊忍(つりしのぶ)

吊忍森の惑星浮かぶごと

短夜(みじかよ)や疲れし母のメール来る

薔薇の花涙の母の手にありし

喧嘩両成敗

僕が五年生のときの話だ。一緒に住んでいた祖父が元気だった頃で、いじめのことを聞いて、「やられたらやり返せ！　それしか解決策はない！」と言った。一方、母は「自分からは絶対手を出すな」と言っていた。

一学期の、ある音楽の時間。楽器を取りに準備室に行こうとすると、同級生の男子と鉢合わせた。通路は狭いので、どちらかが譲らないと通ることはできない。彼は突然こう言った。「消えろ、クズ！」。そして僕を突き飛ばして去って行った。僕は我慢できず、音楽の先生に「リベンジしてきます」と言って、その同級生の脚を蹴りに行こうとしたが、阻止され、そのまま席に引き戻された。

授業の終わりにその先生が、「今日、授業中に問題がありました。問題を起こした者は立ちなさい」と言った。彼は立ったが、僕は立たなかった。すると先生は、「凜太郎さん、あなたもです」と僕をじっと見ている。

「僕は問題を起こされた側なのに、なぜ立たなくてはいけないのですか」

「問題に関わった者は全員立ってもらいます」

周りからも、「立て」「立て」と非難が始まったので、渋々立った。僕からそれを聞いた母が、後日抗議をしたが、先の先生は「喧嘩両成敗です！　お母さん、目を覚ましてください！」と声を荒げたそうだ。横で校長先生も聞いていたが、頬杖をついて見ているだけだったらしい。


こうしたことが続いて、僕は、不登校の選択をし、五年生が終わるまでの九ヶ月間、自宅で過ごした。だが、六年生になる直前、その状況をひっくり返す出来事があった。

桜が満開の公園を歩いていると、「消えろ、クズ！」と言ったあの同級生が仲間と遊んでいた。僕に気がつくと、近づいてきて「いじめてごめんなさい」と頭を下げたのだ。僕は驚いてびっくりして硬直した。一緒にいた祖母も驚いたが、「君のお母さんはきっと立派ないい人やね」と彼に微笑んだ。彼と一緒にいた友だちが、「また学校においでな」と言った。そのとき、僕らの周りには桜の花びらが舞っていた。

僕は、春休み明けから再び学校に行こうと決意した。

仲直り桜吹雪の奇跡かな

波乱に満ちた小学校生活だったが、終盤は悪い思い出より、素晴らしい思い出の方が多かったようにも思う。

特に、「あの先生」のことは忘れられない。

六年生の始業式、たくさんの新しい先生が入ってきた。そのなかに、若い先生がいた。僕はその頃、通級指導教室に登校していて、教室に行くことはなかったので、新しい先生たちとはさほど縁がないだろうと思っていた。だがそれは思い違いだった。

始業式が終わり、通級指導教室の扉を開けると、そこには担任の先生と一緒に、思ってもいなかった人物がいた。それは、始業式で見かけた若い新しい先生、H先生だった。大学を出たての先生で、優しさで一杯の微笑みをたたえて話をしてくださった。

H先生とは、歳が近いせいかすぐにうち解けて、色々なことを話す仲になった。あるとき、理科の電流回路の分野で悩んでいると、先生はそれを得意な絵で表してくれた。電球を模したキャラクターがソケットに入っていて、ハムスターのようなキャラクターがソケットのスイッチを押して、その電流がどう流れるかをわかりやすく解説してくれたのだ。

後にキャラクターは徐々に増えていき、電流の解説にとどまらず、実際に冊子に描いて六コマ漫画にしたこともあった。僕も漫画を作って、お互いの作品を見せ合って楽しんだ。

だが、そんな平和な日々は、永遠に続いたわけではない。

ある日のこと。H先生が職員室にも通級指導教室にもいない。通級指導教室の先生が、僕にこう告げた。

「H先生は、入院されました」。暴れていた生徒を止めに入って巻き込まれ、怪我をしたのだそうだ。なんということだろう。僕は、ずっと先生を待ち続けた。

また一緒に漫画が描ける日がくるのを待っていたが、ようやく先生が帰ってきたのは、僕も先生も学校を去るときが近づいていた三学期だった。H先生は、これまで出会ってきた生き物たち（バッタやてんとう虫、蟬、とんぼ、飼っていたヤドカリ、今は亡き愛犬のアベル、そしてそれらに囲まれた僕）の絵を描いてくれた。その絵は、今使っているパソコンの隣に飾ってある。

最後のときまで僕と先生は漫画を描いた。それらはすべて専用のバインダーに閉じてあるが、その数は、バインダーが膨（ふく）らみすぎて半開きになるほどにも及んだ。

H先生は、僕が下級生に暴力を振るわれ、話し合いになったときも、否定し続ける相手を前に、「私も見ていました」と事実を証明してくれた。見ていた先生が言うのだからもう言い逃れはできない。悪事を暴かれた相手は逆上し、暴れ回ったが、すぐこの一件は幕を閉じた。

もし、あの先生の証言がなければ、この事件は「僕の被害妄想」として、闇に葬り去られていただろう。

それは「凛のためだけでなく、相手のためでもある」と母は言う。あのときの彼が完全に改心したかはわからないが、H先生が、彼の心に何かを与えたことは間違いない。

H先生と会えなくなった今でも、思い出の絵が多すぎて半開きになったバインダーを開けば、あの日に戻り、先生と過ごした思い出が蘇る。


と、この原稿を書いていると、郵便屋さんがきて、僕宛ての手紙が届いた。

「誰からだろう。もしかして、僕の本を読んでくださった方からのお便りかな」と思い、差出人の名前を見て、驚愕（きょうがく）のあまり危うく石畳の上でひっくり返りそうになった。

僕は声にならない叫びを上げて、手紙を持ったまま玄関に突進した。

祖母が僕の叫び声を聞いて、廊下で腰を抜かしていたが、僕は無言で封筒に書いてある送り主を見せた。そう、手紙の送り主は、ちょうど僕が今、思い出して書いていたH先生その人だったのだ。あまりの巡り合わせに、なぜか脳裏に仏壇の阿弥陀如来が浮かんだ（我が家では聖母マリア像の隣に金剛力士像が飾ってある。仏教とキリスト教がごちゃまぜだ）。

先生の手紙には、こう書いてあった。

「（前文略）先生は今、保健室の先生となりました。（中略）逃げたいと感じても逃げることもできず、苦しみ続ける人もたくさんいます。そんな人たちが、ここに来れば大丈夫、力を貸してくれる、そう思ってもらえるような保健室を目指して活動しています。そう思えたのも、凜太郎さんと出会うことができたからです。もし出会っていなければ、ただ、体の傷を手当てする場所になっていたかもしれません。毎日五十人を超える人が保健室に来ます。さかむけが痛いというものから、私だけでは力になれないものもあります。そんなときは、私から力になれる人を紹介することができます」

僕は深く感動した。と同時に、保健室で思い出してしまったことがある。本当は封じておきたい記憶だが、学校の闇を照らすためにキーボードを打つ。だからこの記憶も今打ち明ける。

あるとき、同級生の集団に追いかけられ、保健室に飛び込み、中から鍵をかけて「かくまってください」と言った。すると、保健室にいた先生は「駄目です」と言った。「なぜですか」と聞くと、「怪我をした子がくるからです」と言う。「こないじゃないですか！」と言ったが、先生は「これからくるんです」と言って鍵を開けた。

外には僕が出てくるのを待って、何人もの乱暴者が扉を叩いて叫んでいる。この先の出来事は誰でも想像できるだろう。

でも、この手紙をくれたH先生は違う。

今救いを求めている者を、いつくるとも知れない者のために、追い返したりはしない。多くの生徒を救う保健室の天使となられていることだろう。

保健室天使のいれば春陽差す

節分や福鬼にともに生きること

生き延びろ目白の尾羽雪まとう

――こうして僕は、中学生になった。

ランドセル降ろし湖面に春映る

制服の裾折る祖母や春日差す

あざみ咲く学校

あざみ咲く終いの学舎と願いけり

これは、中学一年生の頃に詠んだ句だ。

「終いの学舎と願いけり」つまり、この前に通っていた中学校があったということである。僕はいじめの続いた環境から脱出すべく、地元の公立中学校ではなく、私立中学校の受験をすることにした。自宅で受験勉強に励み、その四ヶ月後の試験に挑んだ。

合格発表の掲示板に僕の番号を見つけたとき、飛び上がらんばかりだった。

新しい学校生活が始まる。僕をいじめる奴のいない新しい場所で。

そう思えたことが、どれほど僕を安堵させたことだろう！

革靴の黒光りしておらが春

ぴかぴかの革靴を履いて、米俵レベルの重さの鞄を肩に、通勤ラッシュの電車で通学した。人波に押し出されたと思えば再び引き込まれ、最寄り駅から途中で乗り換えて一時間半の電車通学も一つの楽しみだった。

ある朝は、恩師「薔薇の先生」に、最寄り駅の改札口で出会った。あまりの驚きと嬉しさに、「ウワッ！オオオ！」と、周囲を構わず叫んだ。先生は「凛ちゃーん！　気をつけていってらっしゃい！」と懐かしい薔薇の笑顔で改札口から出ていかれた。駅のホームから祖母に「今、薔薇の先生に会った！」と電話した。その直後、先生からも「凛ちゃんに駅で会いました！」と電話がかかってきたそうだ。

祖母はしみじみと「恩師って、ありがたいなあ」と言った。

吸い込まれ押し出され行き春の駅

だが、それは束の間の喜びだった。希望に溢れた春は、ほんの一瞬だった。入学してすぐの身体測定のとき、それは起こった。

体重計の順番を待っていると、そばにいた生徒が突然笑顔で振り向いたと思ったら、奇声を上げ、芯を長く伸ばしたシャープペンシルを僕の顔に向けて振り下ろしてきた。すんでの所でそれを避けたが、彼は列を抜けて走って行き、再び奇声を上げてほかの生徒にシャーペンを振り下ろしている。こんな行為は小学校でもなかったことだ。担当の先生にそのことを話したが、「そうですか」で片づけられてしまった。目に入ったら大事になりかねない危険な行為だというのに。

また、教室でも「〇〇（生徒の名）が〝凜太郎をやってこい〟と言ったのできました」と、席の後ろの方からその手下が、からかいや嫌がらせといった形で奇襲攻撃を仕掛けてきた。

中学では平穏に暮らせるだろうと思っていた昨日までの自分は、遠い過去となった。

もう、うんざりだった。しかも先生に訴えても、「相手の子はそんなことはしていないと言っている」という返事だけだった。

だが授業は楽しかった。楽しみにしていたパソコンの授業では、タイピング専門の先生以上の高得点を叩き出し、コンピューター部の部長になったのだが……。


きっかけとなったのはある夜のことだった。嫌がらせやいじめには免疫がある僕だが、こんな危険な悪ふざけを放っておいていいのかと、家で話し合った。小学校六年間の経験から、いじめが定着しない早期に歯止めを掛けることが大事だと言って、母は、担任の先生に電話をかけた。すぐに教頭先生に代わった。教頭先生はこう言い放った。

「凜太郎君も動作が遅くて周りのみんなをイライラさせています」

悲しくて、悔しくて、そして呆然とした。動作が遅い僕がみんなをイライラさせるからと、いじめを肯定したも同然だ。

教頭先生、その「みんな」の中には貴方も入っているのですね？

母の決断は早かった。

「生徒の身体的な弱点を指摘して問題をはぐらかすような管理職のいる学校には行かせられない」

この中学校を辞めることにした。

天国の雲より落ちて春の暮れ

先にも書いたが、小学校低学年のとき、上級生から命に関わるほどの悪質ないじめを受けた。給食のお盆を持って階段を降りているとき、後ろから突き飛ばされたり、腹部を跳び蹴りされ、呼吸が苦しくなり声が出ず、通りすがりの先生が見つけてくれるまで長い間倒れていたりしたこともあった。

保健室の先生は僕の体を触り、「大丈夫」と言っただけで家にも報告しなかった。しかし倒れていた僕は「これで終わりか」と思うほどの苦しさだったのだ。

「昼間に受けた暴力で、夜中に急変することもある。命に関わることでも隠蔽（いんぺい）する。自分の子どもに同じことができるか」

祖母はあのとき、怒りに震えていた。

空手を習っていた同級生からは、腹に回し蹴りをされたり、顔を見るたびに顔面空手チョップをされたりすることが日常茶飯事だった。訴えてもすべてを隠蔽した先生とは、話し合っても無駄だった。

そのときの教訓から、これ以上この教頭先生と話をすることを諦めたのだった。もちろん、コンピューター部部長の位も廃位となった。それがいわゆる、三日天下ならぬ三週間天下であった。入学からわずか三週間のことだった。

入学金など初期費用の数十万円近くを棒に振らせてしまい、僕は母に対し申し訳ない気持ちで一杯になった。しかし母はこう言ってくれた。

「お金は働けば戻ってくる。お金で買えない凜の大切なものを守るために、お金を使うんだよ」

祖母が続ける。

「お金はもったいないが、価値のない忍耐はしなくていいの」


それから約一ヶ月間、転校先が決まらず、自宅学習の日々が続いた。そんなある日、ついに次の中学校が決まった。市内の公立中学校だ。家から車で二十分、自然豊かな場所にあり、学校周辺にはあざみが咲いていた。通学路は秋になればコスモスが咲き乱れる。

登校初日、校長先生が僕にこう言った。

「この学校にきてくれてありがとう」

好調にスタートを切ったと思えた新生活だったが、そこにも新たなる戦いとともに、第二の「薔薇の先生」との出会いが待っていたのだ。

子猫の墓

転校先の中学校は、自然豊かな学校だった。春には蝶が校庭を舞い、夏には野鳥が教室に迷い込んでくる、そんな場所にあった。

転校当初は、忘れ物をした僕に後ろの席の生徒が貸してくれた。全員で班を作って食べるという弁当の時間の仕組みも、みんなが笑顔で僕を招き入れてくれたので、当時は奇怪に思わなかった。そして何より、僕が当時も今も信頼しているS先生がいた。

S先生は週に二回だけきてくださる先生だ。

それは移動教室の帰りのこと。体育館の入り口付近で上級生の女子たちが騒いでいた。何事かと思い、S先生と一緒に見に行ってみると、捨てられたのか、それとも野良猫が産んだのだろうか、一匹の猫の赤ちゃんが体育館の影からこちらを見ていた。可哀想に思ったが、我が家には犬のすみれがいるのでどうすることもできなかった。その夜、豪雨となった。子猫の身を案じながら眠りについた。

翌日、S先生とともに再び子猫のところへ行った。

すると、猫は横になって寝ているようだった。最初はただ眠っているだけかと思ったが、何かおかしい。近づいても動かない。昨日はきれいだった毛もぼろぼろだった。棒きれでそっとつつくと、固くなっていた。昨日は立って歩くほど元気だったのに。昨夜の豪雨による体力低下に加え、何かに襲われたのか。僕らは大いに悲しみ、墓を作った。S先生が摘み取った花を供えて、最後に僕が上から土をかぶせた。

そして、ここが墓だとわかるように、大きな石を上から載せた。

それから数日後、S先生と猫の墓参りに行ったが、墓石は取り除かれていた。再び載せ直そうにも、載せたはずの石自体が見当たらない。仕方がないので、別の大きな石を墓があったであろう所に載せて、その周りに、主張するかのように小さな石を円状に並べた。

迷い来て野鳥も授業受ける夏

捨て猫のしとどの梅雨に打たれ逝く

猫の墓師と手向けたるすみれ草

師と埋めし子猫はいずこ夏の雲

ある日のこと。S先生が「少し散歩に行きましょうか」と声を掛けてくださった。

実はその前日に、僕は同級生の女子の聞き間違いにより（『きしょい』という言葉を僕がその女子に言ったという主張だった。しかし僕はそんな言葉は絶対に口にしない）謝罪を要求され、学年主任率いる先生四人に夜七時を回るまで吊し上げに遭った。この学校でも今までと同じように理不尽な目に遭うのかと、翌日になっても怒りは消えなかった。

S先生はそんな僕をリラックスさせるために校長先生に許可をもらい、近所の神社に散歩に誘ってくれたのだ。

神社は学校から少し歩いた、山の中の自然豊かな場所にある。

僕は山道を歩きながらずっとS先生に、自分を陥れた同級生や自分を苦しめた先生たちへの恨みつらみを語った。その激昂は山道の大木を一本を枯らしてしまうほど凄まじいオーラとなっていたに違いない。

S先生はただ黙ってうなずきながら聞いてくれた。気がつけば、僕は怨念を忘れていた。

それからしばらくして僕は学校を休んだ。

聞き間違いで謝罪させられそうになった事件以来、教室ではバイ菌扱いされ、嫌な思いをしていたが、それに加えて、転校してきた当初は友好的だった上級生の態度が変わってきたのだ。

図書室で本を読んでいる僕を後ろから蹴り飛ばしたり、掃除中に無理矢理肩を組んで仲がよいように見せかけ、自分の教室の掃除をさせようと連れて行こうとしたりした。廊下で会うと、集団で嫌がらせをしたり、「こいついじったら面白いで」「こいつの挨拶の仕方、面白いんや」などと暴言を吐かれたりし、校内を安心して歩くことができなくなった。

校長先生と母が話し合い、三学期からは別室に登校することになった。平穏な環境で勉強に集中はできたが、虚（むな）しさは消えない。

そんなある日、S先生が「家で育てているのですがどうぞ」と、はじけた綿の実をくださった。

初めて見る綿の実に、捕まえたダンゴ虫をもぐらせて持って帰った。

それは今も我が家の窓辺に飾ってある。

それからというもの、僕とS先生は勉強が早く終わると、神社まで自然観察という名目でリフレッシュしに行った。道中、水仙も群れて咲いていた。そこで美しい自然を見て過ごした。猪狩りの猟銃(りょうじゅう)の音が間近で聞こえてきて焦ったり、神社で願掛けをしたり、変わった虫や植物を見つけたりした。

僕は、S先生を「水仙の先生」と名づけた。

綿の実の中に眠るやダンゴ虫

踏まれたる仲間運びし蟻のいて

師と行けば視界一面野水仙

猟名残捕らえし虫を放ちけり

手を合わせ師と願掛けや野水仙

再びの不登校という選択

春がきて、僕は中学二年生になった。

校長先生が替わり、新しくきた若い先生とも最初は楽しかった。僕は別室登校をやめ、教室で授業を受けることにした。しかし教室では相変わらず僕をバイ菌扱いして面白がり、止める者もいない。教室は、やはり地獄だった。先生に訴えても何も変わらなかった。もはや神経はくたくたで、授業を受けるどころではない。

ある朝母が、「本人の希望で別室での勉強にしてください」と頼んだ。ところが新しくきた若い先生は聞き入れようとしなかった。

「教室に帰ればお母さんもおばあさんも先生方も、凜太郎を愛してくれている人すべてが喜ぶ」と訳のわからないことを言うかと思えば、「ほかの先生に助けを求めてもムダやで」と、執拗に僕を責め続けもした。

これを聞いた母が「教育現場で教師による生徒への精神的嫌がらせがあっていいの？　そもそも、親も本人も別室を希望しているのに」と抗議した。学校で唯一の居場所であった別室にもいられなくなった。週二回出勤されるS先生に助けを求めることもできなかった。

状況は悪化するばかりの六月、僕は再び家庭学習を選んだ。生徒間の争いには抗体ができていたが、学校という組織の中で、教師たち大人からの嫌がらせには耐えられなかったのだ。

世の中には、「どこへ行ってもやられるダメ人間」と批判される生徒がいる（僕も含めて）。

でも、ダメなのは彼らではない。

いじめを咎めずに隠蔽、助長したうえ、「子ども同士のじゃれ合いだ」と誤魔化す学校は確実に存在している。

問題が起こっても対処せず「弱者」を「ダメ人間」扱いすることで責任を逃れている教師と、それを認めている存在が明るみに出ていないだけなのだ。

踏まれじと蝉の抜け殻野に寄せて

冬桜会いたき人のいれば咲く
憂きことのあれば夏空仰ぎ見よ
色褪せどしがみつき咲け冬の薔薇

連帯責任

「連帯責任」。この言葉を聞くたび、ある出来事を思い出す。

連帯責任とは、一つの集団で、チームの一人が失態を演じれば、そのチーム全体が罰を受けるというシステムである。元を辿(たど)れば、江戸封建時代にあった「五人組」という制度からきている。その内容は、百姓や町人が五人の組を作り、そのうち一人でも罪を犯したり年貢を滞納したりすると、ほかの四人全員が同じ罰を受けるというシステムである。近代的自治法の整備とともに消滅したが、戦時中に「隣組」という形で名称と内容を変えて復活。それも戦後GHQによって消滅した。しかし、集団生活を送る場に「連帯責任」という古い名前で再び蘇った。

それは新しく通い始めた中学校で起こった。転校して初めての体育の時間。運動場に全員集合し、ランニングを始めようとした。この学校では、体育の授業時、準備体操の一環として運動場の場合は運動場三周、体育館の場合は体育館五周を走るのが決まりということだった。

　列になった僕たちの前に女性の体育の先生が現れてこう言った。

「今日は忘れ物をした人が二人いたので運動場ランニングをプラス二周して五周にします」

　僕は激しく動揺したが、ほかの生徒たちは焦（あせ）ったり憤（いきどお）ったりする様子は何一つ見せなかった。どうやら彼らにとっては、もはやこの連帯責任は当たり前のようだった。僕は元々体力がない。しかも転校してきたばかりで、このやり方に慣れてもいない。通常の三周を走ったところで体力の限界が訪れた。日陰の石段に座っていた体育の先生の横に座ろうと思って、ランニングの列を抜けた。

　しかし、十歩も行かないうちに後ろから肩を持たれた。振り返ると、さっきまで日陰で座っていたはずの先生が僕の肩を持ったまま睨（にら）みつけている。「しんどくなってきたので休ませてください」と頼んだが、返ってきたのはこんな言葉だった。

「みんなしんどい。でもみんなやってるんやから列に戻りなさい」

僕は倒れそうになりつつ、灼熱の夏の運動場を五周した。これはもう学校と言うよりも、テレビで観たことのある昭和の軍隊だ。なんとか五周のランニングが終わった。再びグランドに整列をすると、先生が前に出てきてこう言った。

「今日忘れ物した人は前に出てください」

てっきり忘れ物をした人を前に立たせて叱責が始まるのかと思いきや、そうではなく、忘れ物をしなかった生徒が、忘れ物をした生徒たちに向かって御礼を述べなければいけないと言う。

「(余計に) 運動させてくれてありがとうございました」

よく見ると、先生も頭を下げていた。


なんとも奇妙な光景に、状況が呑み込めないままで僕も頭を下げた。そのときもう一つ恐ろしく感じたのは、生徒たちの表情だ。怒り、疑問、悔しさ、もちろん笑いや喜びもない。誰もが無表情な顔で、無機質に「ありがとうございました」と言い、ただただ頭を下げていたのだ。

こんなこともあった。その日の体育は体育館で、僕は体育館シューズを持って体育館へと急いだ。だが、体育ノートを教室に忘れたことに気がついた。まだ休み時間は終わっていない。走って取りに行けば間に合うと思ったそのとき、体育の先生がチャイムよりも早く、笛を吹いて授業を始めたのだ。

このままでは僕のせいで〝連帯責任〟が発生し、罰を与えられたクラスメートにあとからボコボコにされてしまうのは必至だ。僕は先生に事情を説明して教室に取りに戻った。遅刻は減点にはなるかもしれないが、連帯責任の対象にはならないはずだと思った。だが、まるで僕の心を見透かしたようにして、先生はこう言った。

「遅刻と忘れ物もあったので、体育館六周」

遅刻をチェックされるだけでなく、忘れ物をしたとして、体育館をプラス一周というのだ。僕は「ノートは家に忘れたわけじゃないし、ちゃんと持ってきたじゃないですか」と抗議した。しかし、「体育館と教室は建物が違うから忘れ物となる」と言うのだ。

僕が忘れ物をしたことによって連帯責任の罰を受けたのはそれっきりだったが、その後も、体育の授業のたびに誰かが忘れ物をして、そのたびに連帯責任が求められ、走らされた。

体育の先生はいつも冷酷に連帯責任を実行させた。そして最後には決まって「運動させてくれてありがとうございました」の声が響く。

だが、なぜかはわからないが、僕が教室に忘れ物をしたときに「ありがとうございました」と言われた記憶はない。先生がうっかり忘れただけなのか、それとも……。もっとも、そんなことでありがたがられても、何一つ嬉しくはない。

このシステムはおかしいのではないか？　僕は先生に疑問を投げかけた。たとえ先生の命令といえども、おかしいものは、おかしいという権利が生徒にはあるはずだ。しかし体育の先生からの答えはこうだった。

「過去に十周走らされたときもあったんやから」

「だからどうだと言うのですか？　過去に十周した人たちがいたのだか

ら五周くらい耐えろと言いたいのですか？　回数の問題ではなく、この罰則の不条理さを言いたいのです」……こんな言葉を言いたかったのだが、当時の僕はそれを呑み込むしかなかった。

僕の話を聞いた母は、「連帯責任を使って仲間作りができるはずもない。この制度になんの教育的意義も認めない」と抗議した。これにより、この学校に何年も前から根づいていた「連帯責任制」は終わりを告げた。長く続いた伝統が、一保護者の一言で一瞬にして消え去ったこと、それこそが、その伝統が「間違っていた」証拠である。自分たちが正しいと思うならば、続ければよいのだ。

だが、まだ一つ疑問があった。なぜこの連帯責任制に、これまでほかの保護者は声を上げなかったのだろう。

それからしばらくして、前述したように、僕は学年主任を含む四人の先生に、相手の聞き間違いで、「きしょい」（気持ち悪い）と言ったということで謝罪を強要された。「きしょい」の一言で（しかも絶対に言ってもいない）夜の七時まで四人の先生に囲まれ、居残りを食らったのだ。

そのとき、なぜ今までほかの保護者はおかしいものをおかしいと言ってこなかったのか、理由がわかった。

この学校では親が声を上げると、それは別の形ですべて、子どもに制裁として返ってくるからだったのだ。やっとそれに気づいた。

黙るしかできぬ吾のそば蛙鳴く

房もげば一粒落つる葡萄（ぶどう）かな

黄ばみたる紙に一撃障子貼り

落ち椿浮かべて思う理想郷

いじめを受け、死を選ぶということ

通っていた中学校で、連日「死ね」と言われている男子がいた。小柄で優しそうな子だった。そのときも、口の悪い女子が、彼に「死ね」と言った。しかし彼は微動だにせず、「人はいつかは死ぬ」と言い返した。するとその女子は、「早よ死ねいう意味じゃ！」と怒鳴った。

僕は彼に、「このことお母さんには言ったんか？」と聞いた。

こういうことが続き、担任の先生に「あのままでは彼はやられてしまいますし、次は僕の番になるのが恐いです」と訴えた。

そのとき、僕には二つの思いがあった。一つは、弱き者が虐げられていることに対する憤り、もう一つは、その鉾先がいつか自分に向けられることに対する恐怖だった。

担任の先生は、「わかりました。対処しておきます」と答えたが、彼へのいじめはひどくなる一方で、後日、本当に対処しているのかと尋ねると、「対処しておきます」を繰り返すだけだった。

僕は彼をかばっていたが、ある同級生から「彼をかばっていたら君がやられるよ」と忠告を受けた。学校内では弱者に対する「死ね」は日常茶飯事だ。また、相手の首を両手で絞めつける「遊び」が流行していた（少なくともこの学校の先生は遊びとして認識していた）。もはや、人間としての常識は通用しなかった。それを聞くのも見るのも許せない僕は、異端視された。

案の定、いじめの刃（やいば）は間もなく僕に向けられ、プリントを配るとき、机に触れただけで「凜太郎が机を触った！」と叫ばれて、バイ菌扱いされた。

そして僕は、中学二年の六月から再び、学校に行くことをやめた。

中学校を卒業するまで家庭学習の日々が続いた。

全国的にいじめが原因の自殺が絶えない。

先生に助けを求め連絡ノートに書いても、先生に直接訴えても相手にされず、絶望のなかで逝った子はどんなに無念だっただろう。いじめにより、「死」よりも恐ろしい思いをしていたはずだ。
いじめとは、自分よりも弱い者に対し、暴力や嫌がらせで快楽を得る犯罪だ。また、たとえそれが先生であろうと誰であろうと、傍観者も同罪だ。いじめが続き、先生が対処してくれないなら、取るべき行動は一つ。いじめの現場から離れること。

それは決して逃げることではない。

不登校でも生き延びて、その非道を世に知らせ、「いじめという悪を許さない社会」を創る大人になることだ。

泥にまみれた中学校生活となったが、一つだけ、心に残ったいい思い出がある。
女子が僕に度々の因縁をつけにきたとき、一人の男子が、「それくらいにしたれ！」と叫んで、引っ込んだ。

その声は、あのとき僕が助けた「彼」だった。
悪口雑言に支配された者たちに届くことはないほど、か細い声だった。
しかし、僕の耳には今もなおしっかりと残っている。

黄水仙一輪咲きで生きていく

暴言や悪しき教師から逃れるために不登校になったとき、土手でほかから離れて咲いている黄色い水仙を見て詠んだ句だ。

いろかたちみなそれぞれの落ち葉かな

操らるふりしてかわすいじめかな

冬茜生き方はみなあるがまま

実ざくろの割れて魂解き放つ

「沈黙」の意味

広島で痛ましい事件（※）があった。新聞でこの事件を知ったとき、愕然（がくぜん）とした。

志望高校の推薦を受けられなかった中学三年生の男子が自殺したのだ。原因は、その生徒が一年生の頃に万引きをしたということからだ。だが、その万引きをしたのは別の生徒だということがその後判明していたのに訂正されないまま、教師はその非行歴を何の関係もない男子生徒の記録に入れていたのだ。

教師から廊下に呼び出され、万引きしたことがあるから推薦を受けられないと聞かされた男子生徒はただ「えっ」と言った後、沈黙することしかできず、過去に万引きをしたことがある、ということに決まってしまったのだ。推薦を受けられなかったショックからか、彼は死を選んだ。

彼の無念を思うとたまらない。

「死ぬ以外に選択肢はなかったのか」と言う人もいるだろう。

「彼の心が弱かったのだ」と思う人もいるだろう。

だが、夢を失い、指導者に見捨てられた彼には「死」の一択しかなかったのかもしれない。絶望しかなかったのだ。そして、その気持ちを理解しようとしない大人（教師）が第二、第三の悲劇を起こしていく。

（※編註：２０１５年末、広島県の中学三年生の男子が自殺し、真相が翌年三月に明らかになった。生徒は担任教師から、万引きをした過去があるため志望校に推薦が出せないと言われ、それを苦に自殺。しかし万引きをしたのは別の生徒で、自殺した生徒とは無関係であったと判明）

「沈黙」による冤罪（えんざい）なら僕にも思い当たることがある。

それは小学三年生のときのこと。給食の時間、急に担任の先生に廊下へ呼び出された。何事かと思い、廊下に出ると、そこにはA君が担任の先生とともに立っていた。先生は僕に、「君は彼に『岩石頭』と言っただろう」と言って、A君を指さした。その剣幕に、教室ではしゃいでいた生徒が一瞬で静かになった。確かにそういうことはあった。だけど「岩石頭」と言ったのは僕じゃない。A君の方だ。

しかしA君は一方的に、自分が言われたと連呼し、僕に発言の隙を与えなかった。僕は責め立てられたり、相手の勢いが強すぎたりすると、反論を諦めてしまう。よって僕は沈黙し、何も言い返せなかった。

そのまま僕は解放され、その後は特に何事もなく放課後を迎えた。しかし、本当の事件は帰宅後に起こった。僕はその出来事をきれいさっぱり忘れ、家に帰った。数時間後、家の電話が鳴った。祖母が出ると、それは担任の先生からだった。

「今日、凜太郎君がA君を『岩石頭』とからかいました」

祖母は、「わかりました。母親が帰ってきたら報告します」と言って電話を切った。

そして僕に「本当か？」と聞いた。自然と涙が出てきた。

「先生は相手が偽りを言っていると考えないの？　どうして僕を信じてくれないの？」

悔しいからか、悲しいからかはわからない。一年や二年の担任の先生と違い、唯一信頼していた三年の担任の先生からの通告。それだけで、泣きたくもないのに涙が出てきた。それを見て祖母はすべてを悟ったらしく、もう何も言わなかった。

帰宅した母が事情を聞き、「それって、A君の家に電話をした方がいいってこと？」と言ったが、祖母が「まあ、待ち」と母を止めた。

後日、祖母は通学路でA君と出会った。祖母は、「岩石頭と言ったのが誰なのか、本当のことを教えて」とA君に聞いた。

するとA君は笑顔で、「俺や俺や、俺が言うた。凜太郎が言ったと言うたのは冗談なんや。俺、凜太郎に謝るわ」と言ってくれたそうだ。そして僕は彼の謝罪を聞いた。

なぜ担任の先生はA君を疑わなかったのか。皆さんは、僕が黙っていたからだと思うだろう。「沈黙＝認めた」。それは間違っている。人間同士のコミュニケーションについて研究している、あるアメリカの言語学者が、「65パーセントは言外（げんがい）の交流で、言葉によるものは20パーセントに過ぎない」と言っていた。先生は、僕の発言にだけ気を取られ、僕のA君に対する恐怖や、沈黙せざるを得ない空気を読み取ろうとはしてくれなかった。

後にその先生は六年生の担任にもなったが、そのときは趣味の話を聞いてもらえるほどの間柄になった。僕は毎朝登校してすぐに、その先生に会うために職員室に直行した。卒業後、その先生が転勤されるとき、お別れの挨拶に行った。

また、A君は僕を虫取りに誘ってくれる優しいリーダーになった。六年生のときは、僕のいる教室にきて、一緒に給食を食べ、昼休みは彼の友だちと一緒に遊んだ（これは、薔薇の先生が計画してくれたことだ）。彼に関する記憶は、小学校時代の最高かつ忘れられない思い出だ。

この事件の後、母に、「イエス」と「ノー」をはっきりと伝えるようにと言われた。

身に覚えのないことは絶対にノーと言わなければ、エドモント・ダンテス（小説『モンテ・クリスト伯』の主人公。無実の罪で十数年間投獄された。別名、巌窟王）のようになってしまう。

だが、僕はこう言って母を困らせた。

「『イエスと言え』と、脳天に拳銃を突きつけられたらどうするの？」

これには祖母が即答した。

「もちろんイエスよ！　生きることが最優先よ！」

それから中学生になって、女子に無実の罪を着せられ、僕の反論に聞く耳を持たない先生たちに囲まれ、「謝れ、謝れ」「ごめんの三文字言えば帰れるんや」と言われ、屈服させられそうになっても、断固「ノー」を主張し、夜七時を回るまで戦った。

もうかっての、沈黙の僕は消えた。今はイエスとノーをはっきり主張できる僕だけがいる。

いじめられ蝉の時雨を聴けず逝く
息絶えし揚羽(あげは)垣根にそっと置く

カナヘビや犬の視線に身じろげず
コメツキムシ臼(うす)の中より出られずに
さをり織り真夏の海を一枚に

「モンスター」と呼べば済む社会

僕は朝日新聞の「天声人語」を書き写すことを日課にしている。そのなかで興味深い言葉に出会った。「同調圧力」という言葉だった。気になって調べてみると、このような意味だそうだ。

「少数意見を有する者に対して、物理的に危害を加える旨を通告するような明確な脅迫から、多数意見に逆らうことに恥の意識を持たせる、ネガティブ・キャンペーンを行って小数意見者が一部の変わり者であると印象操作する、『一部の足並みの乱れが全体に迷惑をかける』と主張する、少数意見のデメリットを必要以上に誇張する、同調圧力をかけた集団から社会的排除を行うなどである」

すなわち、組織の中で〝他者がみんなやっているから自分もやらなくてはならない〟という、いわゆる組織的マインドコントロールである。

僕は同調圧力によって中学校生活を失ったと言える。

転校してきた中学一年生の夏、僕の席は、扇風機の風が直撃する一番前の場所だった。その日、なんとなく悪寒がし、鼻水が出てきたので扇風機を切った。するとある女子がすかさずスイッチを入れ直し、最大風量にした。僕は「強でつけんなよ」と言った。女子は「きしょいんじゃよボケ」と怒鳴った。そして大声で「凜太郎がきしょいって言ったぁー」と運動会の宣誓なみの声で叫んだ。クラスの男女が権力者に「同調」して、先生に「凜太郎を謝らせろ！　謝らせよ！」と連呼した。

保健室に連行され話し合いになったが、指導した学年主任ほか三人の先生は、いくら僕が「言っていない、相手の聞き違いだ」と話しても、聞く耳を持たなかった。先生たちに囲まれ、「謝れ、謝れ」「俳句やったらわかると思うけど、実るほど頭を垂れる稲穂かなって言うやろ」「ぶつかったらわざとでなくても謝るやろ」と、二人の先生がぶつかり合って、謝る劇までして見せた。

「ごめんの三文字言えば家に帰れるんや、あと三文字なんや！」と責め立てられた。「相手の聞き違いで謝らされる世界なんてあり得ない！」と抗議すると、女子は「あり得るんやよォ」と言い、教師陣も「君の口から出た言葉が相手を傷つけたんやから謝ろか」と責め続ける。

この間、女子は僕に過激な暴言を吐き散らし、僕がトイレに行こうとしたら「逃げんなやぁ」と叫んだが、先生たちは黙っていた。

その女子が日頃、常に弱者に「死ね」と平気で言っているのを何度も聞いたが、先生たちは一言も注意しなかった。この無情な四人に無実の罪を着せられそうになっても、僕は「言葉の拷問」に屈せず、断固「ノー」を主張し夜七時を回るまで戦ったのは先にも書いた通りだ。

母が学校に電話すると「指導で残されている」ことだけを知らされた。夜の七時まで残されての指導とは、一体どんな大罪を犯したのかと家族は思った。母は「迎えに行く」と言ったが、「こなくていいです」の一言で返されたそうだ。

そんなやりとりを知らない僕は、校門の方角から車のエンジン音がするたびに、「母がきてくれた！」と期待した。あのときの「希望」と「絶望」の連続を、未だに忘れることができない。

結局、七時過ぎに先生の車で家に帰ることができた。

仕事から帰宅していた母は、送ってきた先生から初めて事情を聞いて、「言ってもいないことでよく謝らなかった、偉い！」と僕に言った。「きしょい」という言葉は我が家にはないのだ。母は「自分が寒いからといって扇風機の設定を変えたのはよくない」と言った。そのことは反省した。

翌日、四人の先生とともに相手の女子と保健室で話し合った。女子は「暴言を吐いたこと」を、僕は「扇風機を勝手に切り替えた」ことを謝った。女子とは和解し、その後は何事もなかった。

地元に住んでいる知り合いのおじさんは、「小学校からともに育ってきたクラスが、校区外からきている〝よそ者〟である凜君に味方してくれるはずがない」と言っていた。まさしく同調圧力である。

その日から学校での僕の立場が大きく変わった。これまで友だちだった生徒は無視という名の陰険な精神的攻撃を始めた。何よりも悔しかったのは昼食の時間だった。

当時の一年生の担任の先生が決めた昼食のときのルールがあった。

それは、最低二人以上で班を作って食べなければならない。一つでも班ができていない、あるいは一人で食べようとしている生徒がいれば全員昼食を食べられない、というルールだった。先生はどんな目的があってそんなルールを課したのか、それがクラスに特異な空気をもたらしていることは確かだった。七時を回るまで残されたあの事件以来、誰も僕を自分たちの班に誘わなくなり、無視し、同調圧力が露わになった。

班に入れてもらえずにいると、クラスでも気が強い女子がきて、「とっとと班作れや！　お前のせいでみんなが食べられへんのじゃよぉ！」と怒鳴った。明らかに学校にあるまじき口調だが、担任の先生はもちろん、誰も何も言わなかった。こんなことが何日も何日も続いた。僕は昼食の時間が訪れるのを苦痛にも感じ、四時間目の頃には脳内はほぼ恐怖に支配され、授業どころではなかった。

そんなとき、ほかの女子が担任の先生と一緒に二人で弁当を食べているのを目にし、先生に「一緒に食べてもいいですか？」と申し出た。すると先生は、「ダメです」と冷たく突き返した。

「お願いします」「ダメです」「お願いします」「ダメです」

プログラムされた機械のように繰り返し続けた。

「前にほかの子が許されていたのと同じことを僕がして何が悪い？」

そう言いたかった。先生も僕を排除する同調圧力に参加しているのだ。そのときの悔しさは今も忘れられない。体に受けた傷は時が経てば癒えるが、精神に受けた傷は生涯残り続けるのだ。

元はと言えば、あそこまで大問題にしておきながら、七時まで残された事件の和解という結末をクラスメートに説明しなかった担任の先生たちの〝トラブル後の指導〟がなかったからではないか。こんな負の連鎖はもう終わらせたかった。終わりにしたかった。

この終わらない馬鹿げた制裁を終わらせるべく、いじめを受けていることも学年主任の先生に相談した。だが、相談した僕がバカだった。先生はほとんどのいじめを認めようとはせず「彼はそんなことするはずがない。勉強もできるし」と勉強の成績を持ち出した。この言葉は、僕を黙らせる屈辱的パンチだった。

僕は、第三者を交えて先生たちと話をしたいと親に頼んだ。そして、親と先生たち、教育委員会を交えた話し合いが行われたが、学年主任の先生は「そんなことは言っていない」と否定した。なかには、その先生が直接目にしたいじめもあったはずだが、「いじめではなく仲よく肩を組んで歩いていた」とその一件自体をなかったことにしようとした。

一度「文部科学省・いじめの定義」で検索してみればいい。「対象になった子が心身の苦痛を感じているもの」と規定されているではないか。ただ見ていただけの教師にいじめの可能性を否定する権利があるのか。同調圧力は決して勝手に湧き出てなんかいない。作り出すのも、生徒にそれを与えるのも教師なのだ。

僕は二年生の六月から不登校を選択したが、学校から事務的な電話が職場の母に掛かってきただけだった。母は、「おそらく職員室では、私のことをモンスターペアレントとして処理しているのでしょう」と言っていた。

僕は悔しかった。モンスターペアレントとは、学校に自己中心的な横暴かつ身勝手な要求をする親のことを指す言葉だが、インターネットで調べると、「要求を繰り返すことがあっても、当該の要求が常識の範囲内にあり、かつしかるべき理由を明示してくる場合はモンスターペアレントとは呼称されない。とはいえ、保護者が正当な要求をしても、学校や教員が保護者をモンスターペアレントとして敵対視することがある」「保護者をモンスターにしているのは、モンスターという言葉を使っているマスコミや教育現場であるという。『モンスター＝人間ではない』ことで、保護者との関わりを拒否しているという」とある。

学校は、正当な要求をしている親をも「モンスター」と呼び、いじめを隠蔽（いんぺい）して、なかったことにする「同調圧力」の根城（ねじろ）である。こんな学校で、今までに何人、僕と同年代の子どもがいじめにより命を落としただろう。モンスターペアレント……元小学校教諭が命名したそうだが、この言葉が教師の言い訳の道具として使われている現実をどう思っているのだろうか。母は、僕だけのためではなく、いじめに苦しむ子どもたちのためにも、正しいと思うことを言い通した。

僕は、たとえモンスターと思われてもひるまない母を誇りに思っている。

同調圧力の中で育った生徒は、上位の者の命令や要求に疑念を持たず従うロボットのような人間に育つのだ。皮肉にも、最近のロボットはたとえ主人の命令でもそれを悪と判断すると、それに抗う機能を持っているらしい。どうやら、僕の学校の現状は、ロボット以下の人間を造り出していることになる。

二年生の夏休みに入ったときだ。インターホンのカメラを覗いた母と祖母が「キャー」と喜びの声を上げた。長い間、連絡を取っていなかった薔薇の先生だった。嬉しくて、愛犬すみれとリビングを跳ねた。それから家族三人で、夢中で今までの報告をした。先生はあの頃と同じ優しい微笑みで僕をじっと見た。一年生から六年間お世話になったのだ。

それから一週間ほどして、なんと中学校での唯一の理解者だった水仙の先生がきてくださった。二年生の一学期半ばから自宅学習にして、学校は何の変化もなく音信不通の状態で夏休みに入っていたので、希望の光が差し込んできたようだった。薔薇の先生に続いて水仙の先生がこられたことは偶然とは思えない。何よりの救いとなった。

水仙の先生は、僕の話を細かく最後まで聞いてくださった。さらに、「本当はもう少し早くきたかったんやけど、ほかの先生方を差し置いてくるのも気が引けて」とおっしゃった。その口振りから、先生が我が家にこられたことは学校関係にはしばらく黙っておくことにした。

このとき初めて、終わりの見えない同調圧力の連鎖が続く学校の中に、光のあることを知った。僕は、S先生のような、同調圧力に関係なく自分の意志と信念で行動する人間になりたいと思った。ロボット以下の存在なんてまっぴらごめんだ。

世の中はこういうものかえごの花
落ちどころなくいたずらに舞う落ち葉

当てもなくただようばかり冬の蜂

人生の辛(つら)さ知ってる唐辛子

傷ついたこころの味方冬銀河

夕闇に取り残されし案山子(かかし)かな

あの人が来るから活ける百合の花

紅梅のカメラ向けられより紅く

鯉のぼりともに泳ぎし友のいて

踏み出せばまた新しき風薫る

侘びしさも人生のうち冬霞

手のなかの灯火(ともしび)

それはゴールデンウィーク初日の朝、公園へ愛犬のすみれと散歩に行ったときのことだった。土手の上に何かが落ちている。よく見ると、それは雀(すずめ)の子どもだった。体中に枯れ葉がついている。興味津々のすみれを引き離して祖母に預け、雀に近づき、そっと手で包もうとした。

雀の子は羽ばたこうとはせず、ぴょんと飛んで後ずさる。けれども、両脇から手で覆ってやると、おとなしくなった。そのまま家に連れて帰った。手の中で、子雀はぷるぷると震えた。僕はそっと「守ってあげるから」と声を掛けた。

両手がふさがっていたので、手の甲で我が家のインターホンを押した。だが、家にいるはずの母が出てこない。二回、三回と押すと、風呂掃除をしていたらしい母がようやく出た。無言でインターホンのカメラに雀を映すと、スピーカーから「ひゃあー」と悲鳴が聞こえてきた。

と同時に、「どうせ死ぬのに!」という言葉が返ってきた。

母は家から出てきた後も、「どうせ死ぬのに！」と言ったが、僕は「猫に引き裂かれて死ぬよりましや」と反論した。母はそれ以上、死については触れなかった。

母は次に、「どうせ死ぬ」と言う代わりに、「何か入れ物ないの」と言った。二人でガラクタが山を成す裏庭を引っかき回した結果、昔、クワガタムシを買ったときの小さめのプラケースが出てきた。プラケースにキッチンペーパーを敷き詰め、その上に子雀をそっと乗せた。だが、息が荒く、激しく背中が上下している。ひとまず、スポイトで水道水を吸って、まだ黄色いくちばしに一滴垂らした。すると子雀はぴちゃぴちゃ音を立てて飲んだ。二滴、三滴と飲んでいく。しばらくすると、背中の激しい動きも収まった。祖母が「枯れ草とか要らんか？」と言ったので、大急ぎで自転車を飛ばし、子雀のいた辺りで枯れ葉をかき集めた。

五月初旬であるにもかかわらず、かなりの暑さで、帽子を被っていても汗が止まらなくなったが、僕の中にはあの小さな命を助けようという思いしかなかった。

なんとか枯れ葉を集めたが、これだけで雀の巣を再現できるはずがない。やはり藁(わら)も必要だ。僕は庭を必死に探し、枯れた単子葉植物を引っこ抜いた。そして、枯れ葉と合わせてプラケースの中のキッチンペーパーに円形に並べ、その上に子雀を乗せた。子雀は本来の環境に近くなったのか、また少し落ち着いたようだ。

だが、まだまだ問題がある。子雀はもともと野生なのだ。だから最終的には放鳥してやろうと思っていた。野生に返すためには、親雀の代わりにエサをやり、育てなければならない。そこで、ペットショップまで、雛鳥のエサを買いに行った。

ペットショップで鳥獣専門の店員さんに育て方を聞くと、こう言われた。

「雛が巣から落ちるということは、落ちる原因になった欠陥が雛にあるからなので、自然に戻れる可能性は低いです。たとえ放鳥したり落ちた巣に戻してやったりしても生き延びることはほぼありません」

また、雀は野生の動物なので飼うことは実は認められていない、とも。でも僕には、公園の土手で丸い目をして僕を見ていた子雀を放っておくことはできなかった。

僕も中学校という巣から落ち、二度と戻れなくなった。正確に言えば、学校に居場所をなくし、決別せざるを得なくなったのだが。店員さんの話を聞いたとき、自然の摂理とはいえ、せっかく生まれてきたのに「弱い者」は生きていけないという悲しさを思った。雀がどういう理由で巣から落ちたにせよ、僕は元の世界に戻してやりたいと思った。仲間の雀とともに大空を飛び回れるようにしてやりたかった。それが無理なら、少しの間でも生かしてやりたかった。

店員さんは、今度はエサについて話し始めた。「エサは基本、これを与えます」と言って取り出したのは、プラスチックのカップだった。よく見ると、それにはおがくずがぎっしり詰まっていて、黄土色のミミズもどきが蠢いていた。僕はそれを知っていた。「ミルワーム」といって、砂漠に生きる甲虫「ゴミムシダマシ」の幼虫だ。成虫はカブト虫の雌を小さくしたものに似ていて、砂漠の生き物たちの貴重な栄養源でもある。最近は、それをエサとしてではなく、ペットとして飼う人も少なくないらしい。

母は、そのミルワームの醜悪（そう思っているのは母だけだろう）な姿にドン引きしていたが、店員さんが告げたその与え方も衝撃だった。「頭を包丁の背で叩き潰して、殻をむいて与えます」。それを聞いて母は頭の中が真っ白になり、僕は母より遅れてドン引きした。エサを与えるたびに悲惨な光景を目の当たりにするこちらの精神が耐えられない。

「配合飼料はありますか？」と聞くと、店員さんは、「野鳥が食べてくれるかどうかわかりませんが……」と言って、鳥の餌売り場に僕と母を案内した。そこで、小鳥用のパウダーフードを紹介された。ぬるま湯で溶かして、注射器型の器具で鳥の口に直接注ぎ込むものであった。それを買うことにして、僕は一つ店員さんに質問した。「巣箱じゃなくても、藁で編んだ巣みたいなやつは要りませんか？」。店員さんは「要りません」とすぐに言った。その代わり、ほぐして敷く紙マットを教えてくれたので、それも購入した。今思えば、店員さんに反して、その藁の巣を購入すればよかったのだ。そうすれば「あんなこと」にはならなかっただろうに。

家に帰ってみると、子雀は元気に立って、ちょこちょことケースの中を歩いていた。祖母は、「雀、雀」と呼ぶのも何なのでと、「チュンちゃん」という極めて単純な名前をつけた。まだ鳴き声も聞いていないのに。すると、「チュン」という声が聞こえてきた。プラケースの中から聞こえてくる。どうやら空腹のようだ。エサを用意している間、「チュンチュンチュンチュン」と鳴き続けていた。そして、母がチュンちゃんを持って、僕が注射器でエサをあげようとしたが、チュンちゃんはそれがエサとわからないらしく、エサを注射器で出してくちばしに近づけても、「チュン」と鳴いて頭を振って跳ね飛ばしてしまった。

そうこうしているうちに、チュンちゃんの顔や母の手は飛び散ったエサだらけになった。くちばしにエサがついているが、食べたかどうかはわからない。

その後、僕たちが昼食を食べている間も、チュンちゃんは「チュンチュンチュンチュン」と鳴いていた。騒がしい新入りに、カエルのケロちゃんが対抗して「ゲコ、ゲコ、ゲコゲコゲコ」と鳴き出したが、鳴き疲れて黙り込んだ。その後もチュンちゃんは、祖母が「過労死するんじゃないか」というくらい鳴いたが、やがて鳴き疲れて静かになった。

夕方、母と再びチュンちゃんのエサやりに挑戦した。今度は、たまにしか「チュン」と鳴かない。僕と母はほんの一瞬、チュンちゃんが口を開けた瞬間に、注射器のチューブを突っ込んで、口を閉じるまで注入した。そして、ある程度食べると、全く口を開かなくなったので、あとは夜にした。そして、せっかく歩き回れるようになったのだから、ケースを大きなケースにして、買ってきた紙マットをほぐして敷いた。夜のエサを与えようとしたが、チュンちゃんの目はとろんとしていて、すぐに閉じてしまった。どうやら、もう眠いようだ。

プラケースごと二階に連れて行った。見ると、チュンちゃんはかなり寝相が悪いらしく、仰向けになって寝ていた。僕が間違ってケースを少し揺らしてしまうと、飛び起きてきょろきょろしていたが、やがてチュンちゃんは眠った。そして、その目が再び開かれることはなかった。

夜中十二時近く、泣くまい泣くまいと堪えたが、母が「ちょっとの間でも守ってあげられたやん」と泣きながら言ったので、堰が切れたように僕も泣いた。チュンちゃんが我が家にいたのはたった一日足らずだったのに、まるで、生まれた頃からそばにあった存在を失ったような気分になった。そして、まだまだ続くはずのゴールデンウィークが、この一日足らずでもう終わってしまうような気がした。

翌日、チュンちゃんを拾った公園のそばに、三人と一匹で埋めに行った。そのときの空はまるで、飛ぶことを知らない雛を迷わせることなく迎え入れるかのように、雲一つない青空だった。

後で母から聞いたことだが、母も子どもの頃、家の前で飛べなくなっていた雀を保護したことがある。しかし、雀は夜中に死んでしまい、姉妹で泣いたそうだ。翌朝、祖父と近くの竹やぶに埋めに行ったということだった。

　この出来事を境に、小さな命を、僕に初めて自分より弱い者を守るという思いを起こさせた命を、一日足らずで連れて行った神を信じられなくなった。我が手で包んで連れ帰った雀の子は、一夜にして手からすり抜けてしまった。

包んでも消える命や雀の子

雪虫や残りの命何処を飛ぶ

コオロギや鬼の顔して声やさし

そら豆の綿温かき母おもう

合気道畳の上に黄金虫

もろこしを食む母の顔ハムスター

冬の蠅祖母のにぶさにさえ負けて

秋の蝶我が手離れずひと休み

どんな日も優しく鳴りし風鈴よ

タンポポやロゼットこそが生きる術（すべ）

祖父の墓石

今日は祖父の墓参りの日だ。

祖母は足が痛い、外が寒い、暑い、ともう一年ほど行っていない。三月、九月のお彼岸もすっぽかしていた。だが、墓参りをしなかった一番の理由は、祖母が見た夢にあることを僕は知っている。

それは、亡くなった祖父が家のソファに座っていて、窓から差し込む陽を浴びている夢だった。祖母は、祖父に「私も、もうすぐそっちに行くからね」と言った後、はっとして「もしかしてもうきとるんやろか」と思ったところで目が覚めたという。

祖母は、「死」と「生」は瞬間移動みたいなものなんやろうかと呟いていた。そして、祖父がソファに座っていたので、「おじいちゃんは墓になんかおらへん。ここでみんなを見守ってる」と言った。それを聞いていた母が、『千の風になって』を見事なソプラノで歌い始めた。「私の～お墓の前で～泣かないでください～そこに私はいません～眠ってなんかいません～」。それを機におじいちゃんはここにいるからと、墓参りは行かなくてもいいことになった。

母は、墓が草ぼうぼうになっているのが気になり、行こうと思っていたが、仕事の都合と祖母の体調でなかなか行けずにいたそうだ。


早朝、僕と家族は墓地への道を車で急いだが、僕はその道が気に食わなかった。なぜなら、その道は中学校の通学路だったからだ。そこを通るたびに、中学校の悪夢を思い出す。

車は田舎道を進んで行った。途中、ほかの墓地を見かけた。こんな山のふもとにも墓地があるのだと思った。そうしているうちに、車は山の中に入り、山道を登っていった。

そして墓地に到着した。そこは周囲を山に囲まれ、近くの土手には百合の花がたくさん咲いている。その反対側に墓地があるのだ。まず、母が祖父の墓石に水を掛け、草をむしった。僕はその間、墓石を掃除するための水を汲みに蛇口と墓を行ったりきたりした。母は墓石を雑巾(ぞうきん)で拭き、祖母は両隣の墓にも、水しぶきが飛ぶこともあるし、荷物を置かせてもらうからと、お参りをした（その作法はテレビで見たらしい）。

前回訪れたときは、まるで僕たちの墓参りにつき合うかのように、墓石の上にバッタが留まっていた。

そのとき、僕の目に留まったのは墓石の横にある、岩を切り取った石碑だった。表面はきれいに磨かれており、そこには「愛しき者ここに眠る」という文字が刻まれていた。文字の横に彫られた葵（あおい）の花の彫刻は、母が描いた絵を元に彫ったらしい。この石碑は、医療ミスにより生後四ヶ月で亡くなった、母の姉を悼（いた）んで建てられたのだ。その葵の絵を描いた母の心境はどのようなものだっただろう。

こうして、母が線香に火を点け、きれいになったお墓を一人ずつ拝み、我が家にとって念願だった行事が終わった。

全員が車に乗り込み山道を下るとき、一瞬、墓地からうっすらと線香の煙が夏の風にたなびいていたように見えた。

しばらく無言だったが、祖母が口を開いた。

「おじいちゃんがなあ、墓を建てるときに遺骨入れるところに金箔を張りたい、僕はそこで眠るんやって言うとったわ」

いかにも冗談好きな祖父らしい。母、僕、祖母は一斉に雲の上の祖父に向かって「豊臣秀吉やないかぁ」とツッコんだ（ピンとこない人は『豊臣秀吉 黄金の茶室』で調べてみよう！）。

祖母は、祖父の冗談を本気に取っていたらしく、祖父の死後、実際に遺骨室に金箔を張る計画を立てたが、予算上の問題で計画倒れに終わったらしい。それを聞いた運転中の母が、「そんなもん金色の色紙張ったらええやん」とあっさり言ったので、祖母が「グッドアイデア！」と叫び、車内爆笑となった。

「おじいちゃん、次にくるときは、金色の色紙を持ってくるからね！」

ばった跳ぶ祖父の墓石の傍らに

白百合や土手一面の鎮魂歌

栗食めばうまいと言う祖父居ぬ夕げ
受け取らることなき葉書くる師走
亡き祖父の名も書かれけり祝い箸

砂の上の足跡

居間にある僕のパソコンのモニターの縁(ふち)に、いつの間にかこんな紙が貼られていた。

「砂の上の足跡」(Footprints in the Sand)

ある男が夢を見ていた。
夢のなかで男は神と一緒に歩いていた。
神はいつも一緒にいると言ったのに、
所々足跡は一人分だけだった。
それも一番神を必要とした辛いときに限って。
男は神に問う。
「なぜ貴方は一番必要としたときに、私を見捨てたのか」
神は答えた。

「貴方が苦しみと試練の最中にあるとき、
私は貴方を背負っていたのだ」

「こんなもの、僕には縁がないや」と思い、その紙を引き出しに放り込んだ。当時の僕は学校運が悪く、転校した学校でも、生徒のいじめや教師の嫌がらせに遭った。

転校したばかりの中学一年生のとき、廊下ですれ違った教頭先生に「さようなら」と挨拶をすると、いきなり鬼の形相で振り返り、僕の腕をわしづかみにして、「今なんて言った！」と怒鳴った。「さようならと言っただけですけど」と答えると、教頭先生は「これから気いつけい！」と言って僕を突き放すようにして解放した。
僕と一緒に歩いていた女の先生に「なんで怒ったのでしょう？」と聞くと、「アンタの言い方が悪かったんちゃう？」と言った。

後に母が教頭先生に、廊下で怒った訳を尋ねると「まだ学校が終わりじゃないのに、家に帰ろうとしているのかと思って止めました」と言った。そのときの僕は、学校の上履きスリッパを履き、鞄も帽子も持っていない。財布もなくバスにも乗れず、車で二十分もかかる道のりを歩いて帰るのか。明らかに教頭先生の勘違いだ。そうでなければ何かの嫌がらせか。それならば腕をつかむという乱暴な行為より先に、帰ろうとしている理由をまず聞くのが先生のすることではないのか。

いずれにせよ、小学校ではこのような教師の仕打ちは受けたことがなかったので驚いた。

その後、二年生の一学期は別室登校を選択したが、新しく来た若い女の先生に教室に戻るよう強要された。あるときは、廊下を歩いていて方向転換をするとき、一瞬女子トイレの方を向いたからと言って、そばにいた男子二人が「凜がトイレを覗いてる！　変態！　変態！」と叫び、みんなに告げに走った。僕は馬鹿馬鹿しくて嫌になり、彼らの集まるところへ行かなかった。その訳を訴えたにもかかわらず、連れ戻しにきたその先生は、僕を後ろから羽交い締めにして歩かせたのだ。この実力行使はやがて、悪意を持った生徒たちに感染するだろう。

僕は徐々に学校に対し希望が持てなくなった。そして六月には不登校を選んだ。

夏休みに入り、自宅に二度ほど担任の先生が話をしにきたが、勉強の話をするとか不登校の僕の心境を聞くという訳でもなく、僕がその話を切り出すと「お母さんと相談のうえ」と言うだけだった。そして、先生から母にそのことに関しての連絡はなかった。顔を見にくるだけで何の対策もないのなら、「本人が嫌なことを思い出すのでこなくてもいいです」と母は担任に伝えた。

二年生のときにきた新しい校長先生は、僕に一度も会わず、事情を聞こうともしなかった。さらに、二学期になって別の用事で学校を訪れた母に、「教師の言い分を信じます」「話し合っても溝は埋まらんでしょう」と言ったそうだ。

僕の学校に対する信頼は完全に崩れ落ちた。

そうして不登校のまま三年生の新学期を迎えたとき、教頭先生が替わることがわかった。どうせ三年生になっても学校には行けないだろうし、罵声を浴びせて生徒の腕をわしづかみにした教頭先生がいなくなったくらいどうでもいいや、と特に関心も持てなかった。

それから数日後、なんと、新しい教頭先生が我が家を訪ねてきた。校長先生と前の教頭先生は、僕が不登校になってからの十ヶ月間、家庭訪問どころか電話してきたことも一度もなかったというのに。

新しい教頭先生は、部活の指導で日焼けしたのか、対照的な白い歯を見せて笑顔で家に入ってきた。とても陽気な話し方で、緊張している僕を笑わせ、安心させてくれた。中学校の先生と対峙（たいじ）したときに安心感を覚えたのは久しぶりだった。

そして「僕の信念です」と次のように言われた。

「教育は魂である。これは初めて教師になったときの指導教官に教えていただいた言葉です。今でも私の信条となっています」

僕はいたく感動した。新しい教頭先生にとっては「教育」とは「魂」なのだ。

ならば、ほかの先生たちにとって「教育」とは、「正義」とは、何なのだろう？

その後、この中学校での二年間からは考えられないほど、新しい教頭先生の行動は早かった。僕が学校で信頼かつ尊敬していた水仙の先生とも、再び会えるようにしてくださったのだ。

僕ははっと思い出し、引き出しから、パソコンに貼られていたあの紙を取り出した。あまりの運の悪さに、今まで神を全面否定していたが、もしかしたら新しい教頭先生との巡り合わせがくるまで、僕はずっと神に背負われていたのかもしれない。

愛犬、すみれが教えてくれたこと

僕は、学校の先生というものを一切信じられなくなっていた。

唯一信頼していた水仙の先生にも、不登校を機に会えなくなっていたが、新しい教頭先生のおかげで、再び会えるようになった。音信不通に感じる状態だった学校との空気に、穏やかな陽の光が差すようだった。学校の人間はすべて敵だと考えていた僕も家族も、なんだか和やかな気分になってきた。

三年生の夏休みのある日のこと。水仙の先生が、二年生のときに担任だったM先生と家にきてくださった。ソファに座ってゆっくりと話すうちに、今まで積もり積もっていた、学校で教師にされたこと、生徒にされたいじめの屈辱などがマグマのように吹き出してしまった。

理不尽な指導や、生徒の暴言、嫌がらせを訴えているうちに、「これが教師のすることですか！」と、先生に怒鳴ってしまった。怒鳴る相手は違ったけれど、少しばかり気が済んだ。うなずきながら、「今までそんな思いを胸に秘めていたんやね」と言う水仙の先生の目に涙が浮かんでいるように見えた。

一緒にきたM先生は、激昂（げきこう）している僕のそばで、じゃれつくすみれの相手をしながら沈黙していた。僕は、M先生のこともほかの先生と同じく、気を許してはいなかった。

ところが、である。初めての人には牙（きば）を剝き、なつくまでに時間がかかるすみれが、M先生の顔を見るなり、最初から目を細め、耳を寝かせて親愛の〝雄叫び〟を上げ、〝嬉しょん〟（嬉しくてオシッコを漏らすこと）までする始末。僕は、飼い主の気持ちも知らないで、M先生にじゃれつくすみれを快く思わなかった。

「僕が受けた屈辱を知らんのか！　このバカ犬め！」と怒鳴りたかったが必死に堪えた。

ここで、少し前に新聞記事にあった、犬の気持ちについて書かれた特集を思い出した。「飼い主に冷たい人キライ！」と題して、「犬の感情解明・京大」とある。犬は人の行動に敏感で、飼い主に協力しない人を嫌いやすい――。この研究から考えると、すみれはM先生に優しさや、愛を感じたのではなかろうか。

そう言えば三年生の一学期が始まった頃、三年の担任の先生とM先生が家にきたことがあった。

腹立たしさを抑えて笑顔で迎えた。担任の先生と僕、M先生と祖母が、机を挟んで話をしているとき、祖母が突然、咳込み始めた。最近の祖母は唾液でも喉に詰まり、むせるようになった。そのとき、M先生がさっと祖母の背中に手を回し、さすり始めた。僕は目を疑った。とっさとは言え、憎たらしいと思っている相手にできる行動ではない。このとき、M先生の中の優しさを見た思いだった。僕の心には、祖母の背を撫でている姿が残った。

そしてこの日もM先生は、すみれに甘えられ、飛びつかれ、なめ回されながらも、僕の訴えを黙って聞いていた。その姿に思わず立ち上がって、M先生に向かってこう言った。

「僕は今、すみれに教えられました、M先生は優しい人なんやって」

そう言葉にしたら、心がスッと軽くなった気がした。


すみれが僕に教えてくれたことって何だろう！


無論、犬の感情解明結果は正確ではない。実験では、犬は飼い主に求められた人の方を多く選んだが、求められなかった人の方も少ない数だが選んだそうだ。すみれは今では僕の尊敬する水仙の先生に、腹を見せて服従しているが、最初に会ったときは牙を剝いたのである。それは先生が、噛まれないかと用心されたからだろう。

M先生には初対面のときから甘えたすみれは、今でも先生がこられると、玄関で待ち構え、「キャイーン」と甘えたように叫ぶ。それを聞きながらM先生は笑顔で玄関に入ってくる。その光景に僕も自然と笑顔になり、出迎える。

すみれがもたらしてくれた幸せである。

不登校乗り越えひらくすみれ草

玉の汗犬の背に落ちひと休み
眺むれば犬のかたわらつわの花
蜘蛛の糸先を辿れば春見えて

恩師との別れ

中学三年生の十一月、尊敬する水仙の先生が退職され、九州に行かれることになった。M先生とともに我が家にこられた最後の日は、秋晴れの青空が広がっていた。

四人でソファに座って別れを惜しんだ。突然、祖母が僕の制止を振り切って、「仕事があり、直接お礼を言えない娘（母のこと）の分も」と言い、歌い出した。「別れと言えば昔より～この人の世の常なるを～」島崎藤村作詞の『惜別（せきべつ）の歌』だった。人前であまり歌ったことのない祖母は、いつもは音程が外れ、聞くに堪えないのがほとんどなのだ。だが、奇跡か偶然か、そのときは音程を外さずに歌い切った。そして、「私が中学生のとき、大学生の兄に教えてもらった歌です」と言った。

先生は、目を潤ませながら僕に「何か拭くものちょうだい」と言った。一緒にこられたM先生は「ああ泣けてきた」と言い、鼻をすすった。犬のすみれに顔をなめ回されている。

この先生とも、おそらく会うのは最後だろうと思った。

新しい教頭先生がくるまで、僕に手を差しのべてくれたのは水仙の先生だけだった。とっさにそばにあったチラシをひっつかみ、句を詠んで書きとめ、先生に贈った。

恩師去る秋空に澄む祖母の歌

「凜君が卒業するまでいたかったんやけど」と言われた。

先生が九州に行ってしまわれた後、代わりにこられたM先生に頼んで、かつてよく行った学校近くの神社の裏山に連れて行ってもらった。そして、野水仙の株を二本ほど持って帰って庭に植えた。僕の願いは、この小さな庭を先生との思い出の水仙で埋め尽くすことだ。

三月、中学の卒業式に出なかった僕は、自宅で教頭先生から卒業証書を受け取った。教頭先生の隣にはなんと、九州から戻られていた水仙の先生がいらっしゃったのだ。先生は「大阪にきたら顔を見にくるからね。エッセイ書いたら送ってね」と言って帰られた。

渡された手紙には、次のようなメッセージが書かれていた。

「最後に、私の好きな言葉を贈ります。

"Where there is a will, there is a way."

　意志あるところに道は通ず

つまり（～してやろう！）と本気で頑張ったら必ず道は開ける、ということです。また、会える日を楽しみにしています」

三月末、再び教頭先生が家にきてくださった。

四月からの高校生活の話になり、母が「ネクタイの結び方、教えてもらったら？」と制服を持ってきた。教頭先生は、制服を見て「かっこええな。教えたる」と言って自分のネクタイをほどき、一から実演してくださった。僕の首に手を回してネクタイを結び、わかりやすく何度も見せてくださった。その手の優しさは決して忘れない。

教頭先生は帰られるとき、車の窓から手を振っていた。僕と母と祖母の三人も、道路に出て車が見えなくなるまで手を振っていた。

北風に連れられ恩師去って行く

卒業式苦難の日々のエピローグ

２０１７年７月、日野原重明先生が亡くなった。日野原先生は生前、句作を通して往復書簡をするほど、僕のことを気にかけてくださった。その内容は、前著『冬の薔薇立ち向かうこと恐れずに』に紹介している。先生との出会いは僕に生きる力を与えてくれた。
青山葬儀場で行われた告別式には、僕も出席した。

百歳は僕の十倍天高し

優しさは無限大なりいわし雲

実ざくろや百四の師と背比べ

フレディと手を携えて恩師逝く
百五の師千の風吹く夏の空
百六のヒーロー秋の空をゆく

日野原先生への句で終わろうとした本書の制作途中、金子兜太先生の訃報が届いた。金子先生は、長谷川櫂先生とともに、朝日俳壇で僕の句を選んでくれた先生である。そして、こんなメッセージも前著『冬の薔薇立ち向かうこと恐れずに』に寄せてくださった。

「凜君の俳句を小学校の教科書に載せてもらいたいくらいです。特に、いじめられている子がいじめに耐えてこういう句を作っているということは最上の教訓になります。俳句のような短い表現でも、子どもが一生懸命かければ、いじめに耐えられる力が持てるということが大きな収穫だと思います」


二年ほど前、金子兜太先生からお便りをいただいた。

「自分のありのままを――生々でよい――出すことに重点を置いて創ってください」

「自信をもって創りつづけられよ」

と書いてくださっていた。

先生がお亡くなりになったということを知り、お便りをしみじみと読み返した。

仰ぎ見る給いし文や春の空

金子先生は今頃、日野原先生とともに、あの空の上で、吟遊をしておられるだろうか。一茶や子規もそばにいるかもしれない。

2018年　春に　　小林　凛

君たちの使える時間それがいのち

――凜君をはじめ子どもたちに、いのちとは何かを考えてほしいと思う。

日野原重明さん（２０１７年７月18日　逝去）

ブックマン社の既刊

ランドセル俳人の五・七・五

いじめられ行きたし行けぬ春の雨

——11歳、不登校の少年。生きる希望は俳句を詠むこと。

小林 凛

「多くのメディアで取り上げられ、感動の嵐を呼んだ衝撃の第一弾」

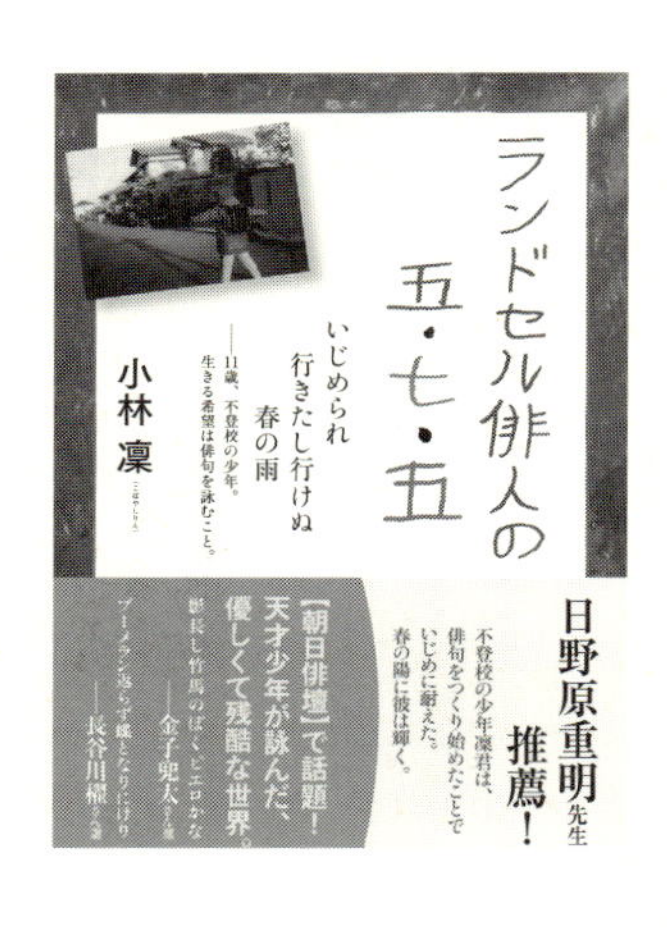

九歳で「朝日俳壇」に作品が掲載され、多くの読者を驚かせた少年。彼は生まれた時、たった944gだった。奇跡的に命が助かり、成長した彼は、その小ささから小学校で壮絶ないじめに遭う。見て見ぬふりをする学校。不登校の日々、彼の心を救ったのは俳句だった。五・七・五に込められた彼の孤独、優しさ、季節のうつろい、世の不条理…。出版されるやいなや注目を集め、TV・新聞で取り上げられた、小林凛デビュー作。

A5版・並製　本体1,200円＋税

ブックマン社の既刊

冬の薔薇立ち向かうこと恐れずに

小林 凜

日野原重明（第二章 九十歳差の往復書簡）

「少年と大人のあわいで紡いだ、十七音の世界。声にならない想いを俳句に込めて、少年は大人になっていく」

「僕は、散ったり死んだりすることも一つの始まりだと思います。生きるものは最後には死ぬけれど、いつかまた地上に生まれると思ってます。『散る』ことは恐れることではないのです」と語る小林凜の、季節の輝きに対するみずみずしい視線が溢れる第一章。第二章では、2017 年に 105 歳で亡くなった日野原重明医師との往復書簡を掲載、全国からの応援メッセージと交流を第三章に載せた心温まる一冊。全編に自筆の挿絵を盛り込んだ、渾身の第二句集。

A5 版・並製　本体 1,300 円＋税

著者プロフィール

小林凜（こばやしりん）

本名・凜太郎。2001年5月、大阪生まれ。小学校入学前から句作を始め、9歳の時に朝日俳壇に「紅葉で神が染めたる天地かな」で初投句初入選(長谷川櫂先生選)。2013年に『ランドセル俳人の五・七・五 〜いじめられ行きたし行けぬ春の雨』(ブックマン社刊)を出版し、話題を集める。その後、2014年に日野原重明氏との往復書簡も掲載した『冬の薔薇立ち向かうこと恐れずに』(同)、2016年には西原理恵子氏とコラボレーションした『日めくり　学校川柳』(教育開発研究所)を出版。好きな俳人は小林一茶。母と祖母と犬のすみれと暮らす。

ランドセル俳人からの「卒業」

2018年4月26日　　初版第一刷発行

著者　小林凜

写真　国見祐治
カバーデザイン　HIRO
本文デザイン　谷敦（アーティザンカンパニー）
編集　小宮亜里　柴田みどり

発行者　田中幹男
発行所　株式会社ブックマン社
〒101-0065　千代田区西神田3-3-5
TEL 03-3237-7777　FAX 03-5226-9599
http://bookman.co.jp

ISBN 978-4-89308-899-4
印刷・製本：凸版印刷株式会社